ÉPITRE

AU

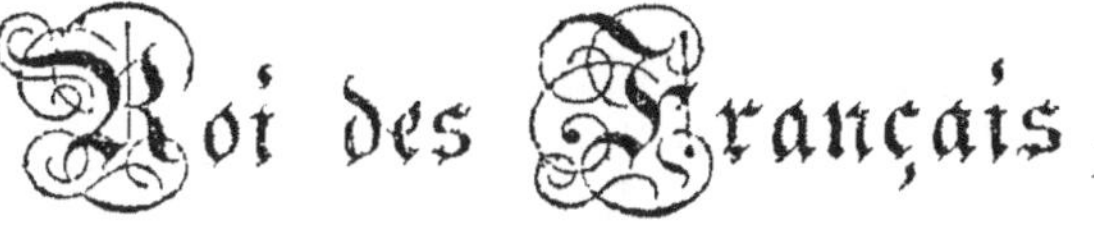

Roi des Français,

Par E. N.

ALAIS,

J. MARTIN, IMPRIMEUR-LIBRAIRE.

1832.

ÉPITRE

AU

ROI DES FRANÇAIS,

ÉPITRE

Au Roi des Français.

Pʀɪɴᴄᴇ des Citoyens en tout temps le modèle,

Que l'exil, le retour ont éprouvé fidèle,

Qu'un peuple souverain, sage et libre à la fois,

Couronna par instinct pour le salut des lois.

Homme Roi, (1) tu le sais, notre histoire l'atteste,

(1) Le choix de Louis-Philippe consacrait le principe le plus impartial et par cela même le plus absolu de l'égalité politique; ses précédens n'excluaient aucun parti. Républicain contre l'invasion, émigré par nécessité, sympathique aux Bonapartistes, il offrait à tous des garanties, et réalisait ce grand principe d'unité nationale souillé par la convention; violenté par l'empire et compromis par la restauration. Est-ce la faute des hommes, est-ce la faute des choses qui

La conquête a produit une guerre funeste ;

Lente, sourde, inflexible et sans frein quelquefois,

Qui divisa long-temps les Francs et les Gaulois.

Deux intérêts rivaux : le droit, le privilège

Prolongeaient cette lutte injuste et sacrilège.

Le droit fort mais conquis, immortel mais vaincu ,

Instinct de la raison, source de la vertu.

Le privilège armé partout vainqueur et maître ,

Alors puissant, depuis jaloux de le paraître ,

Epris de son pouvoir moins que de sa splendeur,

Produit de l'artifice et source de l'honneur. (1)

En l'absence du droit, son obscure industrie

Epaississait des temps la sombre barbarie ;

Evoquait, pour régner, la haine au noir détour,

La superstition qu'illumine un faux jour ,

L'aveugle préjugé, la crédule ignorance ,

a ressuscité ces partis ? Etait-ce une épreuve nécessaire pour la révolution de juillet ? Quoiqu'il en soit de leurs efforts, la sympathie qu'elle avait excité n'en a pas été altérée malgré des contre sens aujourd'hui convenus. Tant il est vrai que les convictions d'une nation sont toujours profondes quand elles lui sont propres.

(1) C'est de l'honneur politique qu'il s'agit ici.

L'esclavage trainant sa chaîne et sa souffrance.

Lui-même, adroit protée et maître insidieux,

Pour asservir les cœurs, il fascinait les yeux ;

Sous ses masques divers restait toujours le même,

Et poursuivait son but en changeant de système.

Pour détruire le droit, efforts infructueux,

Son germe vit toujours dans les cœurs vertueux ;

Par la force opprimé, noirci par l'imposture,

Le temps fait luire enfin sa clarté douce et pure

Qui, dissipant la nuit comme l'éclat du jour,

Perce l'obscurité du plus sombre détour.

Il éclaire, pareil au Dieu dont-il émane,

Le juste qui l'attend, l'ingrat qui le profane ;

Rapproche les humains par d'équitables lois,

Confond, pour les unir, les peuples et les rois.

Du privilège, hélas ! la trop longue influence

De leurs heureux rapports troubla l'intelligence,

Et rompant un accord pour lui seul dangereux,

Pour les mieux diviser vint se placer entr'eux ;

Prit pour lui des honneurs l'éclat héréditaire,

Au pouvoir du monarque imposa l'arbitraire,

Du peuple subjugué lui retira l'appui,

Intéressa sa gloire à l'éloigner de lui.

Ainsi de faux brillans entourant la couronne,

C'est pour mieux l'ébranler qu'il élevait le trône.

Fruit amer de la force et de la vanité,

Accourue à sa voix, la féodalité,

Sous son bizarre joug courba la monarchie,

Et sut placer la règle au sein de l'anarchie.

A ses caprices vains les peuples asservis,

Comme de vils troupeaux, sans droits et sans pays ;

De vivre et de mourir déclarés incapables, (1)

Supportaient sans espoir des maux insupportables,

Et le roi, seul, devant un sinistre avenir

D'un accablant hommage eut souvent à rougir.

Aux progrès désastreux de leur complot impie,

Charlemagne opposait ses lois et son génie,

Philippe, avec plus d'art, sa popularité,

Charles sept sa valeur, son fils sa cruauté,

Saint Louis (2) sa justice, et sa vertu sublime,

(1) *Historique.* Voyez les anciennes lois et coutumes féodales.

(2) J'ai suivi ici l'ordre logique plutôt que chronologique. Les temps de Louis IX m'ont semblé plus près du nôtre que ceux de Louis XI.

Louis douze et Henri leur bonté magnanime.

Par le pouvoir royal (1) de plus près combattu,

Le monstrueux colosse enfin fut abattu,

Et de Louis le Grand le pompeux égoïsme

Le contint sous son vaste et brillant despotisme;

Le soumit à sa gloire, et pour mieux l'asservir,

L'embarrassa d'honneurs, de luxe et de plaisir.

Heureux! si moins épris du pouvoir arbitraire,

Il n'eût du droit naissant éclipsé la lumière:

Au lieu de la tourmente, il trouvait le repos

Et terminait en sage un règne de héros.

Mais l'éclair qui sillonne et presse les nuages,

Loin de les dissiper prépare les orages,

Et de son successeur le prompt mais vain coup d'œil

En signala l'approche aux portes du cercueil.

Un bruit sourd mais nouveau, confus mais faible encore,

Un feu sombre annonça l'immense météore.

Louis seize averti de son premier éclat

Le jugea sans péril pour le trône et l'Etat.

Sa foi dans le passé, sa vertu débonnaire

(1) Richelieu.

N'osèrent en sonder le profond caractère ;
Sa faiblesse hésitait, car son cœur pur et haut
Estimait Malheserbe et comprenait Turgot.
Ah ! quel autre avenir ! quels jours sereins peut-être !
Si du sein des partis son génie eût fait naître
L'inaltérable loi (1) brillante de clarté ;
Comme les flots émus formèrent la beauté,
A son aimable aspect, sa candeur et ses charmes
Le cœur battait d'espoir, la main rendait les armes,
Les intérêts divers s'unissaient à la fois ;
Que pouvait l'anarchie expirant à sa voix ;
Du géant féodal les complots et les trames,
Ses débris impuissans ne lançaient que de flammes.

Le peuple restait pur, le trône respecté ;
La justice uniforme et sans complicité ; (2)

(1) La loi politique ou constitutionnelle.

(2) J'éprouve le besoin de protester de toutes les forces de mon âme contre le paradoxe émis récemment par un homme, dont le rare talent ne sera contesté par personne ; M. Thiers qui rejette sur la nécessité les mesures terribles de la convention, s'est sans doute rappelé que c'était là l'excuse des tyrans, mais il a peut-être oublié la force de l'instinct populaire à cette époque, et tout ce que lui avait imprimé

La tribune un refuge et non une menace ;
L'autorité puissante et non la populace.
Au lieu de l'athéisme et d'un culte imposteur,
La raison sans scandale avouait son auteur,
Le crime était puni, la vertu sans alarmes,
Au lieu de sang, des lois ; la paix, au lieu des armes ;
Au lieu d'ovations, la publique équité ;
Au lieu du dogmatisme, enfin la liberté.
O douleurs ! ô regrets ! quelle fureur étrange
De terreur et d'espoir, quel horrible mélange !
Que de sang, de souillure et de férocité ;
Que d'héroïsme pur, de cœur d'humanité !
Arborons en faisceaux tant d'actes mémorables,
Couvrons de leur éclat tant de faits déplorables ;
Imitons nos soldats, partout victorieux,
Tirant sur la patrie un rideau glorieux.
Tel le puissant Atlas, élève dans la nue

d'énergie le mouvement immense de 89, pour réprimer toute
tentative tant à l'extérieur qu'à l'intérieur. Les faits posté-
rieurs, même les plus récents, me démontreraient cette
vérité, si je n'étais pas persuadé que les réactions sont toujours un malheur, et jamais une voie définitive de salut.

Ses flancs prodigieux, sa tête chevelue,

Resserre entre les mers avec diversité

Ses trésors d'abondance et de fertilité.

L'œil parcourt mille fois ce littoral immense,

Séduit par tant d'éclat et de magnificence,

Il se forge au travers du mont voisin des cieux,

Un monde tout divin , des champs délicieux.

Qu'y verrait-il? la mort, le désert et le sable,

Le lion rugissant, le tigre impitoyable.

Des Oasis épars sous un vent sablonneux;

Soldats ! vous fûtes purs en ces temps orageux,

Entraînés comme nous, ce fut par la victoire ,

Et c'est un bel écueil que, celui de la gloire.

Mais quel nouveau spectacle absorbe nos regards?

Qui vient improviser le trône des Césars ,

Et changer en transports nos guerres intestines ?

Un monument soudain couvre tant de ruines,

La pensée haletante a peine à le saisir,

Ses mobiles progrès fatiguent l'avenir,

Par son magique éclat il séduit ,entraîne

La victoire et le sort, la faveur et la haine ;

Aussi grand que le monde et plus prompt que le temps ,

L'espace va manquer à ses hardis élans :

C'en est fait, si les mers n'opposent leur barrière,

Il a tout envahi, hors la seule Angleterre.

L'Europe va fléchir sous la nécessité,

Les peuples s'abîmer dans la fatalité.

Non : le droit soulevant des forces légitimes

Rajeunira les cœurs de ses vieilles maximes,

De sa foi prophétique ouvrira le trésor,

Des peuples, en ces mots cimentera l'accord.

» A dieu seul appartient la force et la durée,

» Il coordonne tout, le conserve, le crée,

» Seul promulgue sans fin d'immuables décrets ;

» Eternise d'un signe ou dissout à jamais ;

» C'est de l'égalité le père inaltérable

» C'est de la liberté l'origine équitable ; (1)

» Attributs qu'il créa le principe et la fin

» Et dont l'intime accord est le droit souverain

» Antérieur à la forme, au pouvoir, même aux hommes,

» Et le seul droit divin dans le monde où nous sommes.

(1) L'égalité légale est un *droit passif*, la liberté *un droit actif*. Cette différence est *essentielle ;* il en résulte que si la première est immuable, l'autre peut être compromise par le fait des hommes ; c'est ce que j'ai voulu indiquer.

» Un mortel a bien pu sous mille aspects nouveaux

» Epuiser en dix ans , dix siècles de travaux ,

» Et prodigue en courant de génie et de gloire ,

» Enchaîner votre espoir à son char de victoire.

» Un immense désir l'exalte et le conduit.

» S'il hésite un instant le prestige est détruit ;

» Son indomptable essor le soutient et le guide ;

» Le secret de sa force est dans son cours rapide.

» Qu'il passe : tel un fleuve entrainé loin des bords,

» S'ouvre mille chemins inconnus jusqu'alors ;

» Ne retrouve enfin ses ondes égarées ,

» Que pour en enrichir les mers hyperborées.

» Il tombe ce grand corps, qui vous avait séduit ,

» Un saule reste seul de l'empire réduit.

» O! d'une sainte loi, conséquence éternelle !

» Qui ne croit qu'à la force est subjugué par elle ,

» Qui tient sous le boisseau le feu saint comprimé :

» Provoque l'incendie et s'éteint consumé.

» Dans le monde moral , comme dans la nature ,

» Tout acte a son effet qui l'éclaire et l'épure ; (1)

(1) Ne nous y trompons pas; les faits généraux de l'histoire n'arrivent jamais inopinement ; ils agissent et réagissent

» Souvenez-vous , Bourbons , que Louis sut mourir.

» Oubliez le passé, apprenez l'avenir,

» Refondez votre race afin qu'elle devienne

» Le comput libéral d'une ère citoyenne ;

» Des mains d'un peuple libre acceptez tous vos droits ,

» Ils seront plus sacrés garantis par les lois

» Que par l'appui douteux des cours intéressées ,

» Comprenez le néant de vos trames passées (1).

comme les choses physiques , et de ce que leurs causes sont plus ou moins profondes , plus ou moins prochaines , elles n'en existent pas moins ; la difficulté serait de les indiquer au milieu de tant de passions et de conjectures qui les dérobent presque toujours à la préoccupation du moment ; ce n'est malheureusement que plus tard et lorsqu'elles ne sont plus que de grandes et utiles leçons, que la réflexion les découvre. Témoins la République qui ne fut qu'une longue et san_glante convulsion parce que le but fut dépassé, et qu'on prit une grande injustice pour un acte décisif. L'Empire, qui , puisant son origine dans la violence militaire , ne crut à son existence qu'autant qu'il demeurait le plus fort , et la restauration qui , imposée après la défaite par une force étrangère , a dû finir aussitôt que cette force s'est retirée.

(1) C'est le système de coalition avec l'étranger contre la France, commencé dès la première émigration , qui a entraîné à leur perte les Bourbons de la branche aînée. L'alliance avec l'étranger contre le pays a été mortelle à tous les gouverne-mens dans tous les temps , dans tous les lieux et sous tous

» Mais non , restez plutôt martirs du droit divin ,

» Précipitez le cours d'un sinistre destin.

» Ce n'est pas par l'octroi d'une charte hypocrite ,

» Présent du despotisme , et l'espoir du Jésuite ,

» Fragile et dernier bord du pouvoir absolu ,

» Que vous arrêterez les flots d'un peuple ému ;

» Soupçonneux mais loyal , il attend le parjure

» Et la peine du moins suivra de près l'injure,

» Ils osent....ô pudeur ! leur canon apostat

» Promulgue le parjure avec l'assassinat.

» Crime impuissant tremblez! c'est le cri d'alliance ,

» C'est la voix de Dieu même , ou celle de la France ,

» Qui, fidèle au serment qu'elle n'a pas prêté ,

» S'insurge pour les lois , l'ordre et la liberté.

» Salut juillet ! salut immense anniversaire !

» Rends à des cieux plus purs ton soleil populaire.

» O ravissant espoir ! Patrie exalte toi !

» Ces fils qui t'ont souri vont mourir pour ta loi.

les régimes , depuis Polinice jusqu'à Charles X. C'est une condi-
tion de salut , que l'instinct du jeune Henri IV avait compris,
lorsqu'il inscrivait le nom de Bayard à la place du connétable
de Bourbon sur sa généalogie.

» Rebelles par devoir, insurgés légitimes

» A qui prodiguez vous tant de soins magnanimes ?

» Vos Bourreaux mutilés ne sont donc à vos yeux

» Que des Français séduits, des frères malheureux ?

» Quoi ! de tant de grandeur la victoire est suivie,

» Ils vous donnaient la mort, vous leur rendez la vie.

» Quoi ! l'assassin du fils par le père est sauvé !

» La mère l'a reçu ! la sœur l'a conservé !

» Sommes-nous dans les cieux ? poursuis peuple héroïque,

» Fanatique de lois, d'ordre et de paix publique.

» Accomplis en trois jours ta tâche de géant,

» Le vœu du genre humain la consacre et l'attend.

» L'élu du droit divin comprend sa déchéance,

» L'immuable a cédé, ta liberté commence.

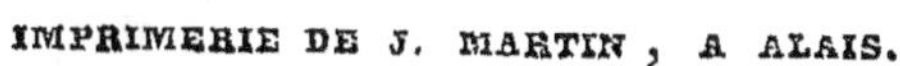

IMPRIMERIE DE J. MARTIN, A ALAIS.